Analyse de l'œuvre

Par Tram-Bach Graulich
et Nasim Hamou

Britannicus

de Jean Racine

lePetitLittéraire.fr

Rendez-vous sur lepetitlitteraire.fr et découvrez :

Plus de 1200 analyses
Claires et synthétiques
Téléchargeables en 30 secondes
À imprimer chez soi

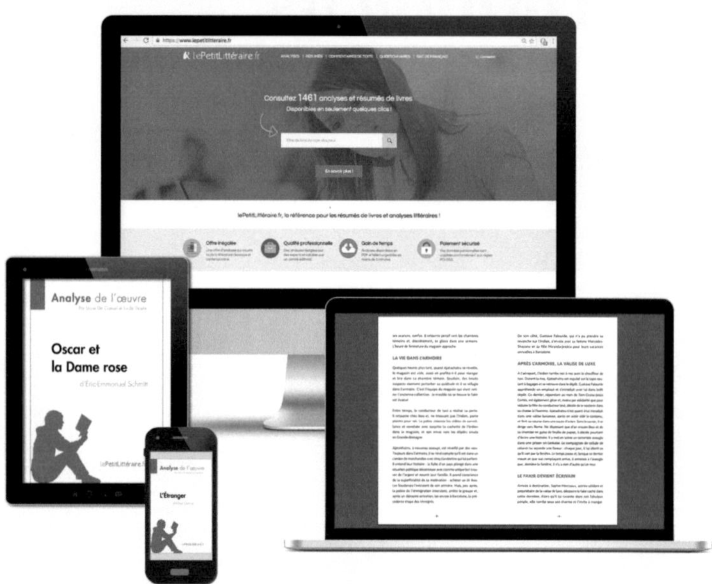

JEAN RACINE

DRAMATURGE FRANÇAIS

- **Né en 1639 à La Ferté-Milon (France)**
- **Décédé en 1699 à Paris**
- **Quelques-unes de ses œuvres :**
  - *Andromaque* (1667), tragédie
  - *Britannicus* (1669), tragédie
  - *Bérénice* (1670), tragédie

Jean Racine est, à l'instar de ce que représente Molière (1622-1673) pour la comédie, une figure majeure de la tragédie classique au XVIIe siècle. Après une éducation poussée à l'abbaye de Port-Royal, il s'installe à Paris où, à partir de 1663, il est admis à la cour de Louis XIV (1638-1715) et mène une brillante carrière de dramaturge. Principalement connu pour ses tragédies, il en a écrit onze. Celles-ci, rédigées dans une langue dépouillée et poétique, s'inspirent de la mythologie grecque (*Andromaque*), de l'histoire romaine (*Britannicus*) ou de l'histoire chrétienne (*Athalie*), et explorent les passions humaines.

BRITANNICUS

UNE LUTTE DES POUVOIRS AU CŒUR DE LA TRAGÉDIE

- **Genre :** pièce de théâtre (tragédie)
- **Édition de référence :** *Britannicus*, Paris, Seuil, 1962, 224 p.
- **1ʳᵉ édition :** 1669
- **Thématiques :** mère, pouvoir, passion, devoir, vengeance

Représenté pour la première fois en 1669, *Britannicus* met en scène des personnages historiques de l'Antiquité romaine : l'empereur Néron (37-68 apr. J.-C.), sa mère, Agrippine (15-59), et son beau-frère, Britannicus (41-55), ainsi qu'un personnage fictif, Junie.

La pièce raconte comment Néron, fraichement arrivé au pouvoir, se débarrasse de la tutelle de sa mère et assassine son rival, Britannicus, après avoir enlevé la fiancée de ce dernier, Junie. Jugée trop immorale à l'époque en raison de sa fin pessimiste, la pièce fut sévèrement critiquée. *Britannicus* est, en effet, une des tragédies les plus noires de Racine.

RÉSUMÉ

ACTE I

Agrippine, la mère de l'empereur Néron, pressent que celui-ci veut l'écarter du pouvoir. Elle aperçoit déjà en lui les signes du monstre à venir (v. 35-38).

Le lecteur apprend justement que Néron a enlevé Junie la nuit précédente et la tient prisonnière dans son palais. Celle-ci est une descendante d'Auguste et est fiancée à Britannicus.

Agrippine voit dans le mauvais comportement de son fils l'influence du conseiller Burrhus. Celui-ci lui assure cependant que Rome se porte bien sous le règne de Néron (v. 200-205) et qu'elle ne doit plus s'immiscer dans ses affaires. Dès lors, Agrippine affirme son soutien à Britannicus, le rival de Néron.

Celui-ci est isolé, faible et entouré de faux amis qui rapportent tous ses faits et gestes à l'empereur (v. 329-331). Narcisse, son confident perfide, lui reproche de toujours se plaindre (v. 314-318).

ACTE II

Néron est tombé amoureux de Junie, qu'il tient prisonnière. Il est prêt à l'épouser et à répudier son épouse officielle, Octavie, ce que Narcisse l'encourage à faire. Malgré tout, sa peur de la réaction d'Agrippine semble le retenir (v. 483).

Néron déclare son amour à Junie. Celle-ci, étonnée, lui confie qu'elle mesure la grandeur de l'honneur, mais qu'elle n'est pas faite pour la vie de cour. De plus, elle aime Britannicus.

Néron lui fait du chantage : dans quelques instants, Britannicus viendra lui rendre visite ; elle devra lui faire comprendre qu'elle rompt avec lui, éventuellement en gardant le silence, sinon Britannicus mourra (v. 664-674). Néron se cache pour regarder la scène.

Britannicus arrive auprès de Junie. Celle-ci, sachant que Néron les espionne, se tait ou répond par de froides allusions aux élans de son fiancé. Britannicus, inquiet, se met à douter de la fidélité de Junie et s'en va. Lorsque Néron sort de sa cachette pour adresser la parole à Junie, celle-ci se retire pour pleurer.

ACTE III

Burrhus, qui s'est rendu compte de l'ampleur de la rancune d'Agrippine envers son fils, conjure Néron de renoncer à Junie pour éviter tout risque de trouble, mais celui-ci refuse de l'écouter. Face à son maitre, Burrhus se sent impuissant (« Cette férocité que tu croyais fléchir/ De tes faibles liens est prête à s'affranchir », v. 801-802).

De son côté, Agrippine craint pour sa situation : elle voit en Junie la rivale qui lui ôtera sa place auprès de son fils (« C'est à moi qu'on donne une rivale/ Bientôt [...]/ Ma place est occupée, et je ne suis plus rien », v. 880-882).

Pendant ce temps, Britannicus a rallié à sa cause la moitié du

Sénat pour tenter de s'opposer à Néron (v. 895-905).

Junie a pu s'échapper un instant de sa prison. Elle en profite pour faire savoir à Britannicus que l'empereur l'avait obligée à se taire lorsqu'il était venu la voir. Les deux fiancés se réconcilient, mais Néron les surprend en pleine effusion de tendresse. Avec élégance, il leur fait comprendre qu'il est tout-puissant (v. 1025-1036), puis, il fait arrêter Britannicus et ordonne à ses gardes de ramener Junie dans ses appartements. Enfin, il met Agrippine sous surveillance et menace Burrhus, qui tente de le ramener à la raison.

ACTE IV

Agrippine rappelle à Néron que c'est grâce à elle qu'il a pu devenir empereur (v. 1115-1122). Elle l'accuse d'ingratitude. En guise de réaction, dans un premier temps, Néron soupçonne sa mère de comploter avec Britannicus, puis il semble touché par ses arguments. Il se dit alors prêt à se réconcilier avec Britannicus. Cependant, Agrippine s'étant retirée, Néron confie à Burrhus qu'il n'a pas changé d'avis. Il est toujours décidé à éliminer Britannicus et à se débarrasser, en prime, de sa mère. Burrhus l'exhorte à suivre le chemin de la vertu et à ne pas fonder son pouvoir sur le crime (v. 1337-1385). Cette fois, Néron semble sincèrement touché par les paroles de son conseiller et est disposé à se réconcilier avec Britannicus, ainsi qu'avec sa mère.

Burrhus se retire et Narcisse arrive auprès de Néron. Il a préparé le poison destiné à Britannicus, mais l'empereur lui annonce qu'il n'en est plus question. Il ne veut pas être un tyran (« Sur les pas des tyrans veux-tu que je m'engage »,

v. 1428). Narcisse accuse Agrippine d'avoir repris le contrôle sur lui (v. 1415) ; selon lui, un monarque doit nécessairement régner par la force. Néron hésite puis, finalement, suit l'avis de Narcisse. Il est prêt à commettre son premier crime.

ACTE V

Britannicus annonce à Junie sa réconciliation avec l'empereur, puis se rend à la cérémonie prévue à cet effet. Cependant, Junie s'inquiète de ce brusque changement d'attitude. Elle fait part de son inquiétude à Agrippine, mais celle-ci se dit certaine de la sincérité de son fils. Entre alors Burrhus qui annonce que Néron a empoisonné Britannicus avec la coupe qui devait sceller leur alliance.

Entre ensuite Néron lui-même. Plein d'ironie et de mauvaise foi, il fait mine de n'être pour rien dans la mort de Britannicus (v. 1651-1656), puis s'éclipse avec Narcisse. Agrippine prédit à son fils un avenir funeste (v. 1672-1694) tandis que Burrhus voit en Néron un tyran accompli (« Ses yeux indifférents ont déjà la constance/ D'un tyran dans le crime endurci dès l'enfance », v. 1711-1712).

Entretemps, Junie s'est enfuie dans un temple de vestales à l'abri de l'empereur, et Narcisse, en voulant la poursuivre, a été tué. Quant à Néron, voyant Junie lui échapper définitivement, il erre dans son palais, l'air hagard, tel un fou (« Il marche sans dessein ; ses yeux mal assurés/ N'osent lever au ciel leurs regards égarés », v. 1757-1758).

ÉTUDE DES PERSONNAGES

NÉRON

Lorsque commence l'action de *Britannicus*, l'empereur Néron n'est pas encore le tyran sanguinaire que l'Histoire connait. Il n'a pas encore incendié Rome et n'a pas encore commis le moindre crime (celui de Britannicus sera son premier). Racine le dépeint donc comme un monstre naissant.

Néanmoins, sa cruauté est déjà bel et bien présente. Néron est un personnage sadique qui semble prendre un plaisir certain à faire souffrir les autres. Dans l'acte II, il oblige Junie à se taire devant Britannicus et se cache pour savourer la scène. Dans l'acte III, il joue véritablement avec les nerfs de Britannicus pour ensuite le faire prisonnier (v. 1025-1084). Enfin, son amour pour Junie est un amour de sadique : « Excité d'un désir curieux,/ Cette nuit je l'ai vue arriver en ces lieux/ Triste, levant au ciel ses yeux mouillés de larmes,/ [...]/ J'aimais jusqu'à ses pleurs que je faisais couler », (v. 385-387, v. 402). En sadique, Néron aime la victime qu'il torture.

De surcroit, Néron est tout entier gouverné par ses passions. À aucun moment, il n'apparait comme un monarque sage. Il n'est jamais raisonnable, mais entièrement aveuglé par son amour sadique envers Junie et sa rivalité, d'ordre amoureux, avec Britannicus (« N'accusez point ici mon choix d'aveuglement », v. 621).

AGRIPPINE

Alors que Néron est un monstre naissant, sa mère, Agrippine, se trouve, quant à elle, à la fin de ses crimes. Dans l'acte IV, elle rappelle ainsi tous ses méfaits passés : elle s'est prostituée, elle a commis des assassinats et elle s'est mariée avec son oncle (l'ancien empereur Claude) pour placer son fils sur le trône (v. 1115-1122).

En réalité, Agrippine est obnubilée par une soif de puissance toute personnelle. Le pouvoir la fascine et elle est prête à tout pour le garder, ce qui fait que Néron, en grandissant, devient un rival à ses yeux. Agrippine s'allie donc avec Britannicus dans le seul et unique but de retrouver son pouvoir à elle, au détriment de son fils, qu'elle veut garder sous son contrôle.

Arriviste et sans scrupule, son personnage est tout aussi négatif que celui de Néron. Les commentateurs de *Britannicus* ont souvent analysé la pièce sous l'angle de la psychanalyse. De ce point de vue, Agrippine (la mère) incarne le surmoi. Le surmoi est un ensemble d'interdits moraux utiles et nécessaires dans le développement du moi (le fils). Mais lorsque le surmoi est trop envahissant (comme c'est le cas dans *Britannicus*), il étouffe littéralement le moi et l'empêche de s'émanciper. Néron accomplit donc ici un acte fondateur dans la construction de sa personnalité car, en écartant sa mère du pouvoir, il s'affirme comme un moi (un sujet) à part entière.

JUNIE

Descendante d'Auguste et fiancée à Britannicus, Junie se caractérise avant tout par sa vertu. Alors que la cour de Néron est gouvernée par les intrigues et les crimes en tout genre, Junie offre le portrait de l'innocence et de la pureté. C'est d'ailleurs ce qui plait à l'empereur (« C'est cette vertu, si nouvelle à la cour,/ Dont la persévérance irrite mon amour », v. 417-418).

En outre, elle est la captive de Néron, thème très présent chez Racine (voir *Andromaque*). Cette position de captive est cependant paradoxale et à nuancer : prisonnière de Néron, Junie est dépourvue du moindre pouvoir, mais, d'un autre côté, elle exerce une domination amoureuse sur son geôlier, ce qui, de ce point de vue, fait d'elle le maitre et de Néron le prisonnier. Le pouvoir de Néron est vide s'il ne peut avoir Junie (« [...] l'empire/ En vain de ce présent ils m'auraient honoré,/ Si votre cœur devait en être séparé », v. 588-590).

BRITANNICUS

Fils de l'empereur Claude et de Messaline, Britannicus est fiancé à Junie. Il se caractérise d'abord par sa faiblesse. Malgré le fait qu'il constitue un rival pour Néron, Britannicus est dépourvu de puissance politique. Il est entouré d'espions, ainsi que d'un mauvais gouverneur, Narcisse. Il est seul, avec Junie comme unique réconfort (v. 655). Il parait donc être une victime toute désignée pour subir la tyrannie de Néron.

Cependant, c'est un personnage nuancé, ni tout à fait bon ni tout à fait mauvais. Par exemple, à l'acte II, scène VI, après que Junie a été forcée par Néron de lui signifier qu'elle rompait avec lui, Britannicus réagit de façon violente. Il doute immédiatement de la fidélité de Junie et se dit déjà prêt à se venger (« Non, je la crois, Narcisse, ingrate, criminelle,/ Digne de mon courroux », v. 936-937 ; « Je la voudrais haïr avec tranquillité », v. 942). Les sentiments qui l'agitent à ce moment-là sont violents et négatifs. Ce genre de personnage (ni tout à fait bon ni tout à fait mauvais) est typique de la tragédie racinienne. En effet, le héros tragique ne doit pas être d'un courage irréprochable, comme chez Corneille (1606-1684), mais il doit flotter entre la raison et les passions, de manière à toucher le public et à provoquer l'effroi et la pitié (la catharsis ou purgation des passions), autrement dit, de manière à provoquer le sentiment du tragique.

LES CONFIDENTS : ALBINE, BURRHUS ET NARCISSE

Le rôle de confident dans la tragédie classique est nécessaire au respect de la règle de vraisemblance. Sur le plan pratique, il ne paraissait en effet pas plausible que les héros épanchent leurs sentiments par de longs monologues comme chez Corneille. Il fallait donc qu'il y ait des confidents afin de servir d'oreille aux personnages principaux. Au départ, ces confidents ne devaient pas avoir de personnalité propre et ils ne devaient pas intervenir dans l'action. C'est ici le cas d'Albine, la confidente d'Agrippine, transparente et confinée à son rôle de confidente.

Cependant, dans *Britannicus*, Burrhus et Narcisse outrepassent cette fonction. Personnages secondaires, ils présentent à Néron deux alternatives pour gouverner : le pouvoir pacifique, requérant l'approbation du peuple (Burrhus, v. 1336-1385), ou le pouvoir tyrannique, qui s'obtient par la force (Narcisse, v. 1432-1479). Ils jouent donc bien un rôle dans l'action puisque leurs discours influencent les pensées des héros, Néron principalement, orientant ainsi toute l'intrigue.

CLÉS DE LECTURE

LES RÈGLES DE LA TRAGÉDIE CLASSIQUE

La tragédie classique au XVIIe siècle obéit à un certain nombre de règles très strictes, héritées pour la plupart de la *Poétique* d'Aristote (philosophe grec, 384-322 av. J.-C.) :

- **la règle de bienséance**. Pour ne pas choquer le public, il est interdit de se battre sur scène, d'y mourir, de s'embrasser ou encore d'y manger ;
- **la règle de vraisemblance**. Pour qu'une tragédie puisse toucher le public, elle doit être vraisemblable, c'est-à-dire plausible ;
- **la règle des trois unités**. L'intrigue doit être unique (unité d'action), correspondre à une journée (unité de temps) et doit toujours se dérouler en un seul endroit (unité de lieu).

Du point de vue formel, une tragédie est composée de cinq actes et est écrite en alexandrins (vers de douze syllabes).

LA STRUCTURE DRAMATIQUE DE *BRITANNICUS*

L'action d'une tragédie classique telle que *Britannicus* se déroule habituellement en trois ou quatre étapes.

- **l'exposition**, qui présente la situation initiale. L'exposition permet au spectateur de prendre connaissance des personnages et de leurs relations. Dans *Britannicus*, cette étape occupe les deux premières scènes de l'acte I, ainsi que la scène II de l'acte II où l'amour de Néron pour Junie est révélé. Nous avons donc ici une exposition en deux temps, ce qui est assez inhabituel chez Racine ;

- **le nœud**, qui constitue l'intrigue en tant que telle. On parle de nœud lorsque les héros se heurtent à des obstacles ou à des contradictions qui entravent leur volonté. Dans *Britannicus*, les personnages sont confrontés à des obstacles d'ordre extérieur (Néron est rival de Britannicus) et d'ordre intérieur (Néron est déchiré intérieurement entre deux conceptions du pouvoir : régner en respectant la loi ou régner en tyran) ;

- **le dénouement**, c'est-à-dire le moment où le sort final des héros se décide. Dans *Britannicus*, le dénouement se situe à la fin de l'acte IV lorsque Néron prend la décision d'assassiner Britannicus (« Viens, Narcisse : allons voir ce que nous devons faire », v. 1480) ;

- **la catastrophe**. Elle est la conséquence du dénouement, synonyme de mort ou de folie pour plusieurs personnages. Dans *Britannicus*, la décision de Néron de tuer Britannicus provoque la mort de celui-ci, donc la fuite de Junie et, par conséquent, la folie de Néron. On a un effet de dominos presque logique. Certains considèrent le dénouement et la catastrophe comme une seule étape.

ENTRE TRAGÉDIE POLITIQUE ET TRAGÉDIE FAMILIALE

Britannicus est une tragédie politique dans la mesure où la pièce, inspirée d'évènements historiques réels, raconte une lutte de pouvoir entre Néron et ses rivaux (Britannicus et, surtout, Agrippine). Cependant, *Britannicus* est aussi une tragédie familiale, d'ordre privé. Derrière l'aspect politique a lieu une querelle de famille entre la mère, le fils et le beau-frère. Le thème de l'amour chez Racine est significatif de cette confrontation entre la sphère publique et la sphère privée, entre la politique et la famille :

- d'une part, la politique a partie prenante avec l'amour. Néron empoisonne Britannicus, son rival politique, parce qu'il le voit avant tout comme un rival amoureux. De même, il ne désire pas épouser Junie par « calcul politique » (ce mariage serait bénéfique pour son pouvoir), mais parce que son désir est bien réel. Mais il ne suffit pas à Néron d'avoir le pouvoir, encore faut-il qu'il force Junie à l'aimer. Chez Racine, on dit que la politique est érotisée. Amour et politique sont indissociables ;
- d'autre part, l'amour est intimement lié à la famille. Néron et Britannicus sont beaux-frères ; Junie et Néron sont tous deux des descendants directs d'Auguste. Ainsi, le crime de Britannicus est un fratricide, et l'amour de Néron envers Junie est incestueux. Le thème de l'amour est donc l'exemple par excellence des tensions entre politique et famille dans *Britannicus*.

UNE VISION JANSÉNISTE DU MONDE

Le jansénisme est un courant religieux qui s'est répandu au XVIIe siècle, surtout en France, et pour lequel de nombreux auteurs, dont Pascal (1623-1662) et Racine, ont marqué leur sympathie. Selon la doctrine janséniste, l'homme est irrémédiablement souillé par le péché originel (celui d'avoir mangé le fruit défendu afin d'être l'égal de Dieu). Dès lors, le monde est en quelque sorte plongé dans le mal et s'éloigne sans cesse de Dieu. Dans *Britannicus*, on retrouve cette vision janséniste du monde :

- Dieu parait absent, ce qui est un signe de l'éloignement qui règne entre le monde et lui. Son nom n'est jamais invoqué si ce n'est dans des expressions stéréotypées (v. 1768) ;
- le monde est représenté par la cour de Néron. Celle-ci est infidèle (v. 944) et odieuse (v. 1644) ; il y règne « l'art de feindre » (v. 642) et le mensonge. Bref, la cour de Néron est le reflet même du monde janséniste après le péché originel : un monde imparfait, soumis aux passions, non à la raison, et où le mal triomphe sans cesse. En effet, le perfide Narcisse a le dessus sur le sage Burrhus, et Néron le tyran tue l'honnête Britannicus ;
- dans cette configuration pessimiste, l'homme tragique est celui qui, par sa vertu, refuse le monde, pour désirer l'absolu, Dieu. L'homme tragique est déchiré entre un monde corrompu auquel il veut s'arracher et un idéal divin auquel Il aspire. Ainsi, Junie possède « cette vertu si nouvelle à la cour » (v. 417) ; elle est pure et refuse de transiger avec Néron. À la fin de la pièce, elle se retire dans un temple de vestales pour se vouer au sacré et délaisser le monde.

LA VIOLENCE TRAGIQUE

La violence est omniprésente dans *Britannicus* et se manifeste à travers plusieurs thèmes ou motifs, dont :

- **l'emprisonnement**. L'univers de Britannicus est un univers clos, fermé sur lui-même. L'action, conformément à la règle d'unité de lieu, se passe exclusivement dans le palais de Néron, où celui-ci exerce sa violence et où chaque personnage est captif de sa cruauté arbitraire. Junie y est tenue prisonnière ;
- **le mutisme**. L'impossibilité de parler est un des signes les plus frappants de violence tragique. Dans l'acte II, scène VI, Junie se trouve forcée de garder le silence devant les élans de Britannicus parce qu'elle sait que Néron les espionne et, qu'à la moindre parole sincère de sa part, Britannicus sera exécuté. De même, Agrippine se rend compte que Néron essaie de la faire taire (« Ah ! l'on s'efforce en vain de me fermer la bouche », v. 833). Dans l'acte III, scène VIII, lorsque Néron se retrouve devant Britannicus, il lui dit de prendre exemple sur Rome et de se taire (« Elle [Rome] se tait du moins : imitez son silence », v. 1052). La condamnation au mutisme est donc l'arme par excellence du tyran. Mais elle touche également Néron lui-même : à la fin de la pièce, lorsque Junie s'est enfuie, il s'enferme dans un « silence farouche » (v. 1755), signe d'une violence sans doute plus puissante que celle du tyran, la violence des passions.

LA PUISSANCE DU REGARD

Dans *Britannicus*, les yeux occupent une place prépondérante, constituant l'une des principales sources de préoccupation chez les personnages, qui semblent tous vouloir échapper au regard, élément anxiogène qui parait indirectement dicter leur conduite, qu'il s'agisse du regard du Ciel, ou de celui de Rome, voire, dans une optique extradiégétique (c'est-à-dire en dehors de la narration), celui du spectateur. Les personnages semblent essayer désespérément de se conformer à un regard qui juge ou d'y échapper « Rome ne porte point ses regards curieux/ Jusque dans des secrets que je cache à ses yeux. » (v. 1049-1050)

À cet égard, l'espionnage apparait comme un thème très important dans *Britannicus*. Surveillance, observation, dissimulation, confiances trahies sont légion dans la pièce, qui baigne dans une ambiance de paranoïa constante :

- les personnages se méfient les uns des autres. Agrippine soupçonne ainsi Burrhus de manipuler son fils (« Ne saurait-il rien voir, qu'il n'emprunte vos yeux ? », v. 161) ;
- lorsqu'il apparait pour la première fois, dans la scène IV de l'acte I, Britannicus se plaint d'être entouré d'espions (« Que vois-je autour de moi, que des amis vendus/ Qui sont de tous mes pas les témoins assidus », v. 329-330) ;
- Narcisse, joue un double jeu et agit comme un « agent infiltré » qui épie efficacement Britannicus (« Tes yeux sur ma conduite incessamment ouverts », v. 345) ;
- la liste des crimes qu'Agrippine avoue à Néron dans la scène II de l'acte IV, appuie la dimension espionnage et jeux de pouvoir de la pièce, Agrippine apparaissant presque comme un précurseur du personnage archétypique de la « femme fatale » comme peut l'être Mata-Hari (danseuse et aventurière néerlandaise, 1876-1917), par exemple ;
- dans la scène VI de l'acte II, le stratagème de Néron, qui se cache pour observer les échanges entre Junie et

Britannicus transforme l'acte d'espionnage, outil politique, en le changeant en voyeurisme sadique, mêlant le politique à l'intime.

À côté de cela, nous pouvons dire que Néron est un œil. C'est du moins ainsi qu'il apparait dans son discours. Néron a des yeux partout, pour observer son rival et pour observer Junie. Il redoute en revanche d'être vu, évitant autant que faire se peut sa mère Agrippine (« Ne le verrai-je plus qu'à titre d'importune ? », v. 143). Le regard de Néron est omniprésent, et son regard pervertit, flétrit ; c'est un regard qui fait naitre la honte. En témoigne le récit qu'il fait de l'enlèvement de Junie, qui tranche avec le récit qu'en fait Britannicus : « Quelle nuit ! quel éveil ! Vos pleurs, votre présence/ N'ont point de ces cruels désarmé l'insolence ? » (v. 699-700). Là où Junie et Britannicus ont vu dans cet évènement l'horreur et la violence, Néron en fait une description galante, dévoilant un amour pervers à travers son discours : « J'aimais jusqu'à ses pleurs que je faisais couler. » (v. 402) Le regard corrupteur de Néron donne au récit de l'enlèvement de Junie une coloration sexuelle déviante, qui déjà esquisse la relation qu'il veut entretenir avec elle : un rapport dominant/dominé. Ainsi, dans la fameuse scène de l'observation (acte II, Scène IV), Néron se repait de la détresse de Junie qui est flétrie par le simple fait de se laisser observer par l'empereur. Britannicus, dans son discours, parait être sensible à cette corruption de Junie (« Qui vous rend à vous-même en un jour si contraire ? », v. 735).

Le regard marque enfin la poésie racinienne. Le regard ne sert pas qu'à voir ou à espionner, et il n'est pas uniquement lié aux yeux. Le regard est aussi un langage : « Quoi ! même vos regards ont appris à se taire ? », s'exclame Britannicus face à Junie (v. 736). Le regard blesse et marque l'affection. La parole est à son service. L'amour et la fatalité naissent du regard (des yeux mouillés de larmes de Junie dans le cas de Britannicus). Il donne aussi le pouvoir. Néron fait taire les regards de Junie, l'écrasant sous la puissance du sien, mais il succombe aussi au pouvoir de ses yeux mouillés de larmes. Quand, une fois son premier crime commis, et Junie hors de sa portée, le pouvoir de Néron s'effrite, son regard vacille : « [...] ses yeux mal assurés/ N'osent lever au ciel leurs regards égarés. » (v. 1757-1758)

DES TRAJECTOIRES OPPOSÉES

Dans *Britannicus*, les personnages sont antagonistes. Il est intéressant de noter que Racine présente dans sa pièce un ensemble de trajectoires qui se reflètent d'un personnage à l'autre. Si le duel principal oppose Britannicus à Néron, ils ne sont pas les seuls à s'opposer. On dénombre de nombreuses dualités qui se renvoient les unes aux autres, mettant en place un jeu de miroir qui souligne les oppositions entre les personnages, et dépeignant la cour de Néron comme un nid de vipères.

La dualité la plus évidente est celle qui lie Britannicus à Néron. Tout oppose les deux jeunes gens. Néron est un parvenu qui est arrivé au pouvoir en bénéficiant de l'appui d'Agrippine (« Je me souviens toujours que je vous dois l'empire. », v. 1223) ; au contraire de lui, Britannicus a été écarté d'un pouvoir qui lui revenait de droit par les manigances de cette dernière. « Rome dans ton palais vient de voir immoler/ Le seul de tes neveux, qui te pût ressembler », se plaint d'ailleurs Junie une fois Britannicus assassiné (v. 1734-1735). Les deux adversaires sont irréconciliables, car leurs destins sont totalement contraires. Il semble qu'ils ne pourront jamais être sur la même longueur d'onde, et paraissent condamnés à suivre un chemin qui les éloignera toujours, chemin qui a été interverti par l'action d'Agrippine : « Ils ne nous ont pas vus l'un et l'autre élever,/ Moi pour obéir, et vous pour me braver » (v. 1037). Tout en eux les sépare : Néron voit tout et parvient à se cacher du regard de Rome, tandis que Britannicus est aveuglé par sa naïveté (sa confiance aveugle en Narcisse et son animosité face à une Junie contrainte de le rejeter en témoignent) et est vu par tous.

Burrhus et Narcisse sont les confidents de Néron et Britannicus. Les deux hommes, tout comme leurs maitres, s'opposent en absolument tous points. Burrhus apparait comme la voix de la sagesse et est d'une loyauté à toute épreuve vis-à-vis de Néron, mais tente d'outrepasser son rôle de confident en essayant de le raisonner et de le pousser sur la voie de la raison, préférant même mourir plutôt que voir son maitre se pervertir irrémédiablement (« Me voilà prêt, Seigneur, avant que de partir,/ Faites percer ce cœur qui n'y peut consentir », v. 1377-1378). À l'inverse, Narcisse est veule, traitre ; il précipite la perte de Britannicus. Ironiquement, c'est Burrhus qui essuie les soupçons d'Agrippine (« Vous l'ai-je confié pour en faire un ingrat ?/ Pour être en son nom les maîtres de l'État ? », v. 149-150), alors que Britannicus vante la loyauté de Narcisse (« [...] je fais vœu de ne croire que toi », v. 342). Les deux hommes ont enfin un parcours différent, Narcisse étant un esclave affranchi (« Moi-même revêtu d'un pouvoir emprunté/ Que je reçus de Claude avec la liberté », v. 1445-1446), alors que Burrhus est issu du monde militaire (« Je répondrai, Madame, avec la liberté/ D'un soldat qui sait mal farder la vérité », v. 173-174).

Néron et Agrippine sont ennemis durant toute la pièce. Les deux partagent une étrange relation, chacun craignant l'autre. Tout au long de la pièce, Néron cherche à fuir Agrippine, comme s'il craignait de l'affronter. Cette dernière est inquiète et a peur pour elle-même. Son fils, sa création, lui échappe ; elle le sent et craint pour sa sécurité. « Mais crains, que l'avenir détruisant le passé,/ Il ne finisse ainsi qu'Auguste a commencé » (v. 33-34) : ces vers, qui font allusion à la répression menée par Octave (futur Auguste, 63 av. J.-C.-14 apr. J.-C.) contre l'opposition républicaine au cours de la naissance de l'empire, après l'assassinat de Jules César (100/101-44 av. J.-C.), illustrent la défiance qu'éprouve Agrippine pour son fils. Néron, à la fin de la pièce, devient l'être inflexible avide de pouvoir qu'était sa mère, alors que la puissance de cette dernière décline. Sans l'emprise qu'elle exerçait sur son fils, la vie d'Agrippine est en danger : « Le coup qu'on m'a prédit va tomber sur ma tête. » (v. 1700)

Agrippine et Junie sont les deux principales figures féminines de la pièce. Et là encore, ces deux personnages sont aux antipodes l'un de l'autre. Agrippine est présentée comme une femme âgée, puissante et sure d'elle (« et que dans la balance/ Mon nom peut-être aura plus de poids qu'il ne pense », v. 259-260). Junie est au contraire l'image même de la pureté virginale, jeune, faible face au pouvoir de Néron. Contrairement à Agrippine qui craint qu'en l'aimant, Néron fera de la jeune femme une rivale (« Quoi ? tu ne vois pas jusqu'où l'on me ravale,/ Albine ? C'est à moi qu'on donne une rivale », v. 879-880), Junie n'est pas dans le calcul politique. C'est d'ailleurs ce qui séduit Néron : « Et c'est cette vertu si nouvelle à la cour/ Dont la persévérance irrite mon amour. » (v. 417-418). Il est à noter cependant que, contrairement à Agrippine qui pense à tort avoir du pouvoir sur Néron, Junie a réellement une emprise sur l'empereur, au point que celui-ci sombre dans la folie quand elle se dérobe à lui de façon permanente. Si Agrippine possède quelques attributs proches de la sorcellerie, notamment sa capacité à prévoir l'avenir (« Je prévois que tes coups viendront jusqu'à ta mère. », v. 1676) et à maudire (« Ne crois pas qu'en mourant je te laisse tranquille », v. 1680), Junie au contraire évoque la sainteté, aussi choisit-elle de rejoindre les Vestales, que Racine assimile aux couvents. Elle atteint une dimension sacrée, et Narcisse à la main sacrilège paiera de sa vie l'affront qu'il lui fait en la touchant pour la ramener à son maitre. L'opposition Junie/Agrippine est celle qui oppose la vertu à la corruption.

Britannicus a reçu à sa sortie un accueil mitigé. Racine lui-même, dans sa préface de 1676 écrit, au sujet de sa pièce : « Cependant j'avoue que le succès ne répondit pas d'abord à mes espérances. À peine elle parut sur le théâtre, qu'il s'éleva quantité de critiques qui semblaient la devoir détruire. » On peut sans peine imaginer que cette œuvre, tragédie politique aux personnages majoritairement immoraux et se terminant par la victoire d'un Néron corrompu et malfaisant ait suscité le scandale à sa sortie. *Britannicus* montre un visage très inquiétant du monde politique avec son lot de trahisons, d'espionnage, de complots et d'antagonismes fatals. Un monde qui, à bien des égards peut rappeler celui de la cour de Louis XIV.

PISTES DE RÉFLEXION

QUELQUES QUESTIONS POUR APPROFONDIR SA RÉFLEXION…

- Pourquoi peut-on dire que le personnage d'Agrippine est aussi négatif que celui de Néron ?
- En quoi le personnage de Britannicus est-il typique de la tragédie racinienne ?
- Quels sont les liens entre amour, politique et famille dans *Britannicus* ?
- Comparez les personnages d'Andromaque et de Junie, toutes deux captives.
- Les héros tragiques sont souvent confrontés à de terribles dilemmes. Est-ce le cas d'un ou de plusieurs personnages de cette pièce ?
- Pourquoi peut-on dire que la cour de Néron représente le monde ?
- Qu'est-ce qui l'emporte, dans cette pièce, des passions ou de la raison ? En va-t-il de même dans *Bérénice* et *Andromaque* ?
- Que signifie le mutisme dans cette œuvre ?
- Si vous deviez réaliser une adaptation cinématographique de cette pièce, respecteriez-vous la règle des trois unités ? Justifiez votre réponse.
- Cette pièce aborde-t-elle selon vous des thèmes qui sont toujours d'actualité aujourd'hui ?

POUR ALLER PLUS LOIN

ÉDITION DE RÉFÉRENCE

- RACINE J., *Britannicus*, Paris, Seuil, 1962.

ÉTUDES DE RÉFÉRENCE

- BATTESTI J.-P., CHAUVET J.-C., *Tout Racine*, Paris, Larousse, 1999.
- BRODY J., « Les yeux de César : the language of vision in *Britannicus* », in *Studies in Seventeenth-Century French literature*, New York, Cornell University Press, 1962.
- HEYNDELS I., *Le conflit racinien*, Bruxelles, Éditions de l'Université de Bruxelles, 1985.
- STAROBINSKI J., « Racine et la poétique du regard », in *L'œil vivant*, Paris, Gallimard, 1961.

SUR LEPETITLITTÉRAIRE.FR

- Commentaire portant sur la scène IV de l'acte IV de *Britannicus*.
- Commentaire portant sur la scène V de l'acte V de *Britannicus*.
- Commentaire portant sur le dénouement d'*Andromaque* de Jean Racine.
- Commentaire portant sur la scène III de l'acte I de *Phèdre* de Jean Racine.
- Commentaire portant sur la scène V de l'acte II de *Phèdre*.
- Commentaire portant sur la scène finale de *Bérénice* de Jean Racine.

- Fiche de lecture sur *Andromaque*.
- Fiche de lecture sur *Bajazet* de Jean Racine.
- Fiche de lecture sur *Bérénice*.
- Fiche de lecture sur *Iphigénie en Aulide* de Jean Racine.
- Fiche de lecture sur *Phèdre*.

ISBN version numérique : 978-2-8062-1751-6
ISBN version papier : 978-2-8062-1180-4
Dépôt légal : D/2013/12603/203

Avec la collaboration de Nasim Hamou pour les chapitres
« La puissance du regard » et « Des trajectoires opposées ».

Conception numérique : Primento,
le partenaire numérique des éditeurs.

Ce titre a été réalisé avec le soutien de la Fédération Wallonie-Bruxelles, Service général des Lettres et du Livre.

Retrouvez notre offre complète sur lePetitLittéraire.fr

- des fiches de lectures
- des commentaires littéraires
- des questionnaires de lecture
- des résumés

ANOUILH
- Antigone

AUSTEN
- Orgueil et Préjugés

BALZAC
- Eugénie Grandet
- Le Père Goriot
- Illusions perdues

BARJAVEL
- La Nuit des temps

BEAUMARCHAIS
- Le Mariage de Figaro

BECKETT
- En attendant Godot

BRETON
- Nadja

CAMUS
- La Peste
- Les Justes
- L'Étranger

CARRÈRE
- Limonov

CÉLINE
- Voyage au bout de la nuit

CERVANTÈS
- Don Quichotte de la Manche

CHATEAUBRIAND
- Mémoires d'outre-tombe

CHODERLOS DE LACLOS
- Les Liaisons dangereuses

CHRÉTIEN DE TROYES
- Yvain ou le Chevalier au lion

CHRISTIE
- Dix Petits Nègres

CLAUDEL
- La Petite Fille de Monsieur Linh
- Le Rapport de Brodeck

COELHO
- L'Alchimiste

CONAN DOYLE
- Le Chien des Baskerville

DAI SIJIE
- Balzac et la Petite Tailleuse chinoise

DE GAULLE
- Mémoires de guerre III. Le Salut. 1944-1946

DE VIGAN
- No et moi

DICKER
- La Vérité sur l'affaire Harry Quebert

DIDEROT
- Supplément au Voyage de Bougainville

DUMAS
• Les Trois
  Mousquetaires

ÉNARD
• Parlez-leur
  de batailles,
  de rois et
  d'éléphants

FERRARI
• Le Sermon sur la
  chute de Rome

FLAUBERT
• Madame Bovary

FRANK
• Journal
  d'Anne Frank

FRED VARGAS
• Pars vite et
  reviens tard

GARY
• La Vie devant soi

GAUDÉ
• La Mort du
  roi Tsongor
• Le Soleil des
  Scorta

GAUTIER
• La Morte
  amoureuse
• Le Capitaine
  Fracasse

GAVALDA
• 35 kilos d'espoir

GIDE
• Les
  Faux-Monnayeurs

GIONO
• Le Grand
  Troupeau
• Le Hussard
  sur le toit

GIRAUDOUX
• La guerre de
  Troie
  n'aura pas lieu

GOLDING
• Sa Majesté des
  Mouches

GRIMBERT
• Un secret

HEMINGWAY
• Le Vieil Homme
  et la Mer

HESSEL
• Indignez-vous !

HOMÈRE
• L'Odyssée

HUGO
• Le Dernier Jour
  d'un condamné
• Les Misérables
• Notre-Dame
  de Paris

HUXLEY
• Le Meilleur
  des mondes

IONESCO
• Rhinocéros
• La Cantatrice
  chauve

JARY
• Ubu roi

JENNI
• L'Art français
  de la guerre

JOFFO
• Un sac de billes

KAFKA
• La Métamorphose

KEROUAC
• Sur la route

KESSEL
• Le Lion

LARSSON
• Millenium I. Les
  hommes qui
  n'aimaient pas
  les femmes

LE CLÉZIO
• Mondo

LEVI
• Si c'est un
  homme

LEVY
• Et si c'était vrai...

MAALOUF
• Léon l'Africain

MALRAUX
- La Condition humaine

MARIVAUX
- La Double Inconstance
- Le Jeu de l'amour et du hasard

MARTINEZ
- Du domaine des murmures

MAUPASSANT
- Boule de suif
- Le Horla
- Une vie

MAURIAC
- Le Nœud de vipères

MAURIAC
- Le Sagouin

MÉRIMÉE
- Tamango
- Colomba

MERLE
- La mort est mon métier

MOLIÈRE
- Le Misanthrope
- L'Avare
- Le Bourgeois gentilhomme

MONTAIGNE
- Essais

MORPURGO
- Le Roi Arthur

MUSSET
- Lorenzaccio

MUSSO
- Que serais-je sans toi ?

NOTHOMB
- Stupeur et Tremblements

ORWELL
- La Ferme des animaux
- 1984

PAGNOL
- La Gloire de mon père

PANCOL
- Les Yeux jaunes des crocodiles

PASCAL
- Pensées

PENNAC
- Au bonheur des ogres

POE
- La Chute de la maison Usher

PROUST
- Du côté de chez Swann

QUENEAU
- Zazie dans le métro

QUIGNARD
- Tous les matins du monde

RABELAIS
- Gargantua

RACINE
- Andromaque
- Britannicus
- Phèdre

ROUSSEAU
- Confessions

ROSTAND
- Cyrano de Bergerac

ROWLING
- Harry Potter à l'école des sorciers

SAINT-EXUPÉRY
- Le Petit Prince
- Vol de nuit

SARTRE
- Huis clos
- La Nausée
- Les Mouches

SCHLINK
- Le Liseur

SCHMITT
- La Part de l'autre
- Oscar et la Dame rose

SEPULVEDA
- Le Vieux qui lisait des romans d'amour

SHAKESPEARE
- Roméo et Juliette

SIMENON
- Le Chien jaune

STEEMAN
- L'Assassin habite au 21

STEINBECK
- Des souris et des hommes

STENDHAL
- Le Rouge et le Noir

STEVENSON
- L'Île au trésor

SÜSKIND
- Le Parfum

TOLSTOÏ
- Anna Karénine

TOURNIER
- Vendredi ou la Vie sauvage

TOUSSAINT
- Fuir

UHLMAN
- L'Ami retrouvé

VERNE
- Le Tour du monde en 80 jours
- Vingt mille lieues sous les mers
- Voyage au centre de la terre

VIAN
- L'Écume des jours

VOLTAIRE
- Candide

WELLS
- La Guerre des mondes

YOURCENAR
- Mémoires d'Hadrien

ZOLA
- Au bonheur des dames
- L'Assommoir
- Germinal

ZWEIG
- Le Joueur d'échecs